AF234250

CATALOGUE

DES

TERRES CUITES

BRONZES

MARBRES

DE

CARPEAUX

VENTE A L'HOTEL DROUOT

Salle n° 8

Le Lundi 28 Décembre 1874

A DEUX HEURES

EXPOSITIONS

PARTICULIÈRE : LE SAMEDI 26 DÉCEMBRE 1874.
PUBLIQUE : LE DIMANCHE 27 DÉCEMBRE 1874.
De 1 heure à 5 heures.

M° CHARLES PILLET, Commissaire-Priseur,
10, rue de la Grange-Batelière.

CONDITIONS DE LA VENTE

Elle sera faite au comptant.

Les acquéreurs payeront *cinq pour cent* en sus des adjudications.

Paris. — Typ. PILLET fils aîné, 5, rue des Grands-Augustins.

MARBRES

BUSTES

1. *Boudeur.*

Haut., 28 cent.

2. *Bacchante aux roses.*

Haut., 6o cent.

1200

3. *Printemps.* *2000*

Haut., 56 cent.

1070

4. *Rieur napolitain.* *1500*

Haut., 55 cent.

STATUETTES & GROUPES

900

5. *Frère et sœur.* *1500*

Haut., 62 cent.

160

6. *Suzanne surprise.* *2000*

Haut., 70 cent.

700

7. *Toilette.* *1200*

Haut., 70 cent.

TERRES CUITES

~~~~~~~~~

BUSTES

8. *Bacchante aux lauriers.*

Haut., 60 cent.

9. *Bacchante aux roses.*

Haut., 60 cent.
~~~~~~~~~

10. *Bacchante aux vignes.* 200

Haut., 60 cent.

11. *Boudeur.* 100

Haut., 28 cent.

12. *Candeur.* 250

Haut., 70 cent.

13. *Chinois.* 200

Haut., 65 cent.

14. *Espérance.* 250

Haut., 58 cent.

15. *Espiègle.*

Haut., 53 cent.

16. *Été.*

Haut., 65 cent.

17. *Fiancée.*

Haut., 67 cent.

18. *Génie de la danse.*

Haut., 1 mètre.

19. *Mater dolorosa.*

Haut., 75 cent.

20. *Mater dolorosa. (Esquisse.)*

Haut., 75 cent.

21. *Négresse.*

Haut., 63 cent.

22. *Palombelle au collier.*

Haut., 40 cent.

23. *Palombelle au pane.*

Haut., 70 cent.

24. *Printemps.*

Haut., 56 cent.

200   25. *Rieur napolitain.*   *150*

Haut., 55 cent.

200   26. *Rieuse napolitaine.*   *140*

Haut., 53 cent.

250   27. *Rieur aux pampres.*   *150*

Haut., 55 cent.

250   28. *Rieuse aux roses.*   *240*

Haut., 55 cent.

250   29. *A. Dumas fils.*   *155*

Haut., 85 cent.

29 bis. *A. Dumas fils.*

Haut., 58 cent.

30. *Géróme.*

Haut., 58 cent.

31. *Gounod.*

Haut., 64 cent.

STATUETTES & GROUPES

4 o o   **32.** *Amour blessé.*   2 5 o

Haut., 82 cent.

5 o o   **33.** *Amour à la folie.*   2.6o

Haut., 70 cent.

3 o o   **34.** *Défense de la patrie.*   26o

Haut., 5o cent.

2 o o   **35.** *Ève accroupie.*   1 o o

Haut., 38 cent.

135

36. **Ève tentée.**   *200*

Haut., 70 cent.

170

37. **Figaro.**   *250*

Haut., 90 cent.

100

38. **Frileuse.**   *180*

Haut., 40 cent.

520

39. **Frère et sœur.**   *200*

Haut., 62 cent.

220

40. **Flore.**   *250*

Haut., 54 cent.

41. *Génie de la danse. N° 1.*

Haut., 1 mètre.

42. *Génie de la danse. N° 2.*

Haut., 55 cent.

43. *Groupe Ugolin, (réduction). N° 1.*

Haut., 47 cent.

44. *Jeune fille à la coquille.*

Haut., 95 cent.

45. *Pêcheur napolitain.*

Haut., 87 cent.

46. *Pêcheuse de vignots.*

Haut., 78 cent.

47. *Suzanne surprise.*

Haut., 70 cent.

48. *Toilette.*

Haut., 70 cent.

49. *Trois Grâces.*

Haut., 80 cent.

ÈSQUISSES

STATUETTES & GROUPES

50. *Ève emportant le fruit du mal.*

Haut., 63 cent.

51. *Groupe de la Danse.*

Haut., 53 cent.

43

52. *Madone.*

Haut., 36 cent.

120

60

53. *Jeune mère.*

Haut., 3o cent.

6o

120

54. *L'Agriculture.*

Haut., 25 cent,

55. *La Science.*

Haut., 23 cent.

2oo

8o

56. *La France.*

Haut., 35 cent.

8o

13o

57. *Fontaine du Luxembourg représentant les quatre parties du Monde.*

Haut., 47 cent.

25o

BRONZES

~~~~~~~~~

STATUETTES & GROUPES

58. *Amour blessé.*

Haut., 82 cent.

59. *Amour à la folie.*

Haut., 70 cent.
~~~~~~~~~

325

60. *Défense de la patrie.* *400*

Haut., 5o cent.

290

61. *Flore.* *300*

Haut., 54 cent.

145

62. *Frileuse.* *200*

Haut., 4o cent.

400

63. *Frère et sœur.* *400*

Haut., 62 cent.

800

64. *Pêcheur napolitain.* N° *1.* *1000*

Haut., 87 cent.

65. *Pêcheur napolitain. N° 2.*

Haut., 35 cent.

66. *Pêcheuse de vignots.*

Haut., 78 cent.

67. *Suzanne surprise.*

Haut., 70 cent.

68. *Toilette.*

Haut., 70 cent.

BUSTES

69. Boudeur.

Haut., 28 cent.

70. Espiègle.

Haut., 53 cent.

71. Encrier.

3oo 72. *Négresse.* *3oo*

Haut., 63 cent.

2oo 73. *Rieur napolitain. N° 1.* *195*

Haut., 55 cent.

15o 76 ᴋ 74. *Rieur napolitain. N° 2.* *225*

Haut., 26 cent.

2oo 75. *Rieuse napolitaine. N° 1.* *17o*

Haut., 53 cent.

15o 74 ᴋ 76. *Rieuse napolitaine. N° 2.* *225*

Haut., 26 cent.

77. *A. Dumas fils.*

Haut., 85 cent.

78. *A. Dumas fils.*

Haut., 68 cent.

TERRES CUITES

BRONZES

MARBRES

DE

CARPEAUX

EXPOSITION PARTICULIÈRE

Le Samedi 26 Décembre 1874
De 1 heure à 5 heures
HOTEL DROUOT. SALLE N° 8.

Mᵉ CHARLES PILLET, Commissaire-Priseur,
10, rue de la Grange-Batelière.

Paris.— Typ PILLET fils aîné, 5, rue des Grands-Augustins.

RED. :

21

graphicom

0 1 2 3 4 5 6 7 8 9 10

BIBLIOTHEQUE NATIONALE DE FRANCE

****

CHATEAU DE SABLE

1995